D0630365

L'ogre et l'acrostiche

# Yak Rivais

# L'ogre
# et l'acrostiche

*Illustrations de l'auteur*

Neuf
*l'école des loisirs*
11, rue de Sèvres, Paris 6ᵉ

© 2001, l'école des loisirs, Paris
Loi n° 49.956 du 16 juillet 1949 sur les publications
destinées à la jeunesse : septembre 2001
Dépôt légal : septembre 2001
Imprimé en France par Aubin Imprimeur à Poitiers-Ligugé

Comme les élections approchaient, le maire était soucieux. En effet, il avait promis de débarrasser la ville de l'ogre, sans aucun succès. Tous ses efforts s'étaient avérés inutiles. Alors le maire était mécontent. Il n'y avait rien à faire, l'ogre était toujours là, rue de Bretagne. Tranquillement, il continuait de croquer des enfants, bien que ses préférences allassent aux employés du gaz, de l'eau ou de l'électricité qui venaient relever les compteurs, ou aux représentants de commerce ignorants, aux sondeurs naïfs, aux cambrioleurs imbéciles qui ne savaient pas chez qui ils s'aventuraient, sans parler des gendarmes envoyés ensuite enquêter.

Le maire avait promis une prime (sur le budget communal) à qui terrasserait l'ogre. A vrai dire, elle n'avait attiré qu'une dizaine d'intrépides qui avaient fini en chair à saucisse dans l'assiette de l'ogre. Franchement, c'était une catastrophe.

Et ce soir-là, le maire inaugurait le bal des Pâquerettes. Tout le monde était un peu pompette à force de boire du champagne, et sans doute le maire l'était-il aussi. En tout cas, pris d'un soudain accès de générosité, il réclama le silence et fit une proposition enthousiaste.

– A la santé de celui qui nous débarrassera de l'ogre! La main de ma fille pour celui qui y parviendra!

A ces mots, il se fit un profond silence dans la grande salle de réception.

– Merci! dit une voix juvénile.

Autour d'un jeune homme, les gens murmuraient. Il avait parlé en levant son verre d'un air décidé. Rude épreuve pour le maire, qui fronçait déjà les sourcils. Il n'avait pas envie de donner sa fille unique à n'importe qui, et moins encore au premier venu, mais il venait de faire une promesse à voix haute devant tout le monde et ne pouvait plus reculer.

– Eh bien oui! dit-il joyeusement. Restons sur cette bonne parole : la main de ma fille sera pour celui qui nous débarrassera de l'ogre ! Est-ce que je me suis exprimé clairement ou faut-il que je l'écrive?

– Je veux bien vous croire! riposta le jeune homme, mais au moins votre fille est-elle belle?

On voyait qu'il était étranger! Un habitant de la ville n'aurait pas posé cette question. Il était reconnu que la fille du maire était une beauté. Le maire lorgna le jeune homme d'un air méprisant.

– Elle est bien trop belle pour ton vilain nez, fanfaron! grinça-t-il entre ses dents serrées.

— **M**a foi, puisque je ne l'ai jamais vue, raisonna le jeune homme, il est naturel que je me renseigne. **A**lors : est-elle belle ou pas ?

**I**l n'y eut qu'une réponse dans l'assistance.

— **R**ose et fraîche comme un bouquet de crevettes ! **E**lle est plus jolie qu'un lever de soleil sur la mer !

— Peuh ! fit le maire entre ses dents. Rôde voir autour d'elle, fanfaron, et je te casse la tête ! Ou je te fais boucler par la police !

— Mais, demanda le jeune homme comme s'il n'avait pas entendu la menace, a-t-elle un prénom, cette fille ? Il faut bien que je sache l'appeler si elle doit devenir mon épouse !

— Tu n'as pas besoin d'en savoir plus ! rétorqua le maire avec aigreur. Lâche-moi les baskets !

— **A**h, quel prénom charmant ! fit semblant de s'extasier le garçon. Moi, c'est « Fanfaron », elle « Lâche-moi-les-baskets » ! Attendez que je vous débarrasse de l'ogre et vous constaterez quel beau couple nous ferons, elle et moi !

— Imbécile ! gronda le maire en lui tournant le dos.

Nerveusement, son poing se crispait si fort sur la coupe de champagne qu'il la fit éclater. Deux serveuses accoururent ramasser les morceaux de verre.

– Et dites-moi, ajouta le jeune homme d'une voix claire. Simplement pour vérifier? Avez-vous bien promis aussi une prime à qui vous débarrasserait de votre ogre?

– Fiche le camp! s'écria le maire en épongeant le champagne qui avait giclé sur son costume. Il y a une promesse de prime depuis des années, tout le monde sait cela!

Le garçon lui tendit la main.

– La prime paiera notre voyage de noces! dit-il.

Evidemment, le maire n'avait pas envie de serrer la main du garçon mais, comme la foule les encerclait, il fit contre mauvaise fortune bon cœur et lui toucha les doigts.

– Alors, à bientôt! lui lança le jeune homme en

tournant les talons d'un air gaillard. Quand on se reverra, on trinquera ensemble, «beau-papa»!

Une, deux, il se retira d'un bon pas.

— Il va se faire bouffer, ça lui fera les pieds! bougonna le maire avec colère.

Dominant sa voix, l'orchestre attaqua une valse viennoise et l'assistance se mit à danser.

«En avant!» se disait le garçon en descendant le grand escalier de la mairie.

Bientôt dehors dans la nuit, il dirigea ses pas à la lueur jaune des réverbères vers la demeure du maire à quelques rues de là.

Au premier étage, une lumière brillait, sans doute la jeune fille était-elle dans sa chambre. Rapidement, le garçon s'approcha d'une épaisse et odorante glycine qui s'accrochait au mur, du sol jusqu'au balcon. Rugueuse, elle tenait bon, Fanfaron l'agrippa et l'escalada.

— Ah! cria la jeune fille surprise en le voyant bondir sur son balcon.

— Salut, «Lâche-moi-les-baskets», lança le visiteur.

Son irruption soudaine effrayait la jeune fille. Elle était en che-

mise de nuit car elle s'apprêtait à se mettre au lit, et serrait pudiquement sa robe de chambre devant elle.

— Remettez-vous, chère «Lâche-moi-les-baskets!» lui dit Fanfaron avec une révérence gracieuse.

— A-a-allez-vous-en! bredouilla la jeune fille apeurée.

— Il n'y a pas le feu, repartit le garçon. Toute la ville sait à présent qui je suis et que je vous épouserai dès que j'aurai triomphé de l'ogre. La rumeur disait vrai, en tout cas, ajouta-t-il après un bref silence, vous êtes la plus belle! **A** bientôt!

— Vous..., commença la jeune fille en tremblant.

Il n'attendit pas, enjamba le balcon, se laissa glisser à terre le long de la glycine. La jeune fille l'appela. Le jeune homme s'en allait déjà dans la nuit, il se retourna, en arrêt un pied en l'air...

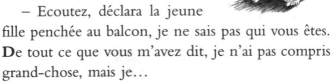

— Ecoutez, déclara la jeune fille penchée au balcon, je ne sais pas qui vous êtes. **D**e tout ce que vous m'avez dit, je n'ai pas compris grand-chose, mais je...

— **E**t pourtant, c'est clair, répliqua le garçon: je serai bientôt votre époux!

— L'ogre est très dangereux! s'écria la jeune fille alarmée.

– **O**n verra qui de nous deux est le plus coriace !
dit le garçon.

– **G**ardez-vous de le rencontrer ! **R**enoncez à
cette entreprise téméraire, ou vous serez mangé
comme les autres !

**E**n guise de réponse, Fanfaron agita la main et
s'enfonça dans la nuit. Un quart d'heure plus tard,
il déambulait rue de Bretagne, où demeurait l'ogre
effrayant. Nuit sinistre, une buée, jaunâtre à cause
des réverbères, s'étendait maintenant sur la ville.

– **J**e crois bien que c'est là, murmura le jeune
homme en s'arrêtant au pied d'un mur de pierre qui
protégeait une propriété obscure.

**E**n fait, comme on colportait sur l'ogre un tas
de commérages, il se demandait ce qui pouvait être
vrai. **U**ne chose paraissait certaine, que le facteur
avait largement divulguée : l'ogre recevait par la

poste de nombreuses publications de mots croisés. Notre ogre devait adorer ce jeu.

– En avant! décida le garçon.

Hardiment, il appuya sur l'interrupteur de l'interphone.

– Ouais, qui est làààààà? fit entendre une voix grave et désagréable dans l'appareil.

– Mon nom ne vous dirait rien, répondit alors le garçon. Mon prénom non plus.

– En ce cas, va-t'en! riposta la voix.

– Répondez plutôt à cette énigme si vous en êtes capable, et vous connaîtrez mon surnom!

Et très vite, avant que l'ogre coupe la communication, le jeune homme lança une défi-nition.

– Le contraire de «panneaux mobiles» au plu-riel! En sept lettres! Vous avez compris: le contraire de «panneaux mobiles» en sept lettres!

– Ah, tiens? fit la grosse voix de l'ogre avec intérêt. Le contraire de «panneaux mobiles» au pluriel, en sept lettres? Et c'est ton surnom? Des «panneaux mobiles», ce sont des volets... Est-ce que ça existe, le contraire des volets ? **F**ichtre non, ça n'existe pas ! **I**l n'y a pas de contraire de « volets » !

— Et moi, je parie que si ! affirma le jeune homme.

— Nous verrons ! dit l'ogre.

— **V**oyons donc ! proposa le jeune homme.

— **O**n verra plus tard, rien ne presse ! dit l'ogre.

**I**l laissa passer un moment, sa voix bougonnait dans l'interphone.

— **L**e contraire de « panneaux mobiles » au pluriel, en sept lettres… **A**ttends un peu que je réfléchisse…

Un autre moment s'écoula.

— Ne cherchez plus, donnez votre langue au chat ! suggéra le garçon avec un éclat de rire.

— Fiche-moi la paix ! protesta l'ogre. **A**ttends pendant que je vais chercher le dictionnaire ! **N**e t'éloigne pas d'ici !

**F**anfaron essaya de parler.

— **A**vant tout, ouvrez-moi la porte ! suggéra-t-il.

**R**ien, plus rien, l'ogre s'était éloigné de l'appareil. **O**n n'entendait plus que le grésillement de l'interphone comme un monotone petit grillon. Notre jeune homme entreprit de faire les cent pas sous les réverbères dans la rue déserte afin de patienter.

La voix de l'ogre, de retour, le surprit.

— Espèce de menteur! criait l'ogre furibond. Gare à toi si jamais tu me tombes sous la main! Au pluriel ou au singulier, il n'y a pas de contraire de «panneaux mobiles», ni dans le dictionnaire ni ailleurs! Reconnais-le!

— Ce contraire existe! se défendit le garçon. Ouvrez-moi la porte et je vous le prouverai!

— Non! Parle d'abord! Après, on avisera!

— Si vous voulez, consentit alors le jeune homme: mon surnom est «Fanfaron»!

Silence, long silence.

— Alors, reprit le garçon, ça vous coupe le sifflet? Voulez-vous toujours une explication?

On n'entendait plus la voix de l'ogre, mais un froissement de papiers feuilletés. Il consultait son dictionnaire.

– Ridicuuuuuule! vociféra-t-il soudain en faisant claquer le gros livre.

– Le «panneau mobile» s'appelle aussi un «vantail», commenta le garçon. Au pluriel: des «vantaux». Faites bien attention à la suite. Il suffit d'écrire vantôt, «t-o, accent circonflexe, t»! Le contraire alors est van-tard, tard «t, a, r, d»!

L'ogre bougonna.

– Et alors?

– Et alors, le synonyme de «vantard» est «fanfaron», asséna le garçon en riant. Tout à l'heure, le maire m'a donné ce surnom, je compte bien le garder!

L'ogre réfléchissait, il éclata de rire tout à coup. Une quinte de toux l'étrangla. Il venait de comprendre l'astuce.

– Alors là, tu m'as drôlement eu, je l'avoue! explosa-t-il, non sans une légère admiration dans la voix.

– Ne m'ouvrirez-vous pas votre porte? demanda Fanfaron.

– Ne me demande pas ça! s'écria l'ogre. Ouvrir ma porte à quelqu'un est très dangereux pour lui, tu saisis?... Non, reprit-il après une courte pause, il est préférable pour toi de rester dehors!

– Cependant, remontra le jeune homme, est-ce que ce ne serait pas une agréable rencontre que celle de deux amateurs de définitions tels que nous?

– Ah, je ne prétends pas le contraire, admit l'ogre, sauf que ce serait la dernière!

La voix de l'ogre s'altérait, le garçon comprit qu'il fallait faire vite et l'appâter avec une autre définition.

– Est-ce que vous souhaitez entendre une deuxième énigme? offrit-il.

– Une deuxième? fit l'ogre avec appétit. Rien ne m'amuserait autant, je l'avoue...

– M'ouvrirez-vous la porte ensuite?

– Admettons...

– Réfléchissez bien: «viande hachée» en deux lettres!

Il y eut un nouveau temps de silence avant que l'ogre se remette à grogner dans l'interphone.

– A présent que vous avez ma définition, tenez donc parole et ouvrez la porte! revendiqua Fanfaron.

Grommellement encore dans l'interphone.

– Et tant pis pour toi, tu l'auras voulu! lança l'ogre.

– Ouvre-moi la porte! exigea le garçon.

Un déclic interrompit le grésillement lancinant de l'interphone et la lourde porte métallique du jardin s'ouvrit. Surpris, le jeune homme entra dans un grand jardin bizarre où de très hautes fleurs l'environnaient jusqu'à la taille en dégageant une lumière bleutée et toutes sortes de parfums suaves. Tout autour de la grande bâtisse de pierre où demeurait l'ogre, elles ondulaient comme la mer autour d'un rocher. Elles se penchaient pour effleurer le visiteur de leurs corolles délicates.

– Petit, chuchotaient-elles, ne serre pas la main de l'ogre... Reste sur tes gardes, parce que sa parole ne vaut rien...

Elles parlaient et se mouvaient lentement autour du garçon.

Sans comprendre, il les écoutait.

– Surtout, susurraient-elles, n'accepte pas de dîner avec l'ogre...

– Oh, non! murmura Fanfaron, car il devinait qui ferait le plat de résistance dans cette éventualité.

– Ne dîne pas avec lui, répétaient les fleurs ani-
mées comme des plantes aquatiques. Sinon, tu
n'auras même plus l'occasion de te repentir d'être
entré chez lui...

Gentiment, le garçon entama sa progression vers
l'entrée de la haute bâtisse de granite. Alors qu'il
passait, les fleurs tou-
chaient ses mains. Il
rendit bientôt les
caresses. Les fleurs,
flattées, répandaient
toutes sortes de par-
fums dans l'air en
guise de remercie-
ments. Le jeune visi-
teur atteignit le pied

d'un perron de cinq marches au sommet duquel se trouvait la porte d'entrée.

– **A**ccepte notre aide, tu auras besoin de nous ! chuchota une fleur au parfum tenace.

**R**efuser cette aide eût été stupide. **D**'abord, en quoi consistait-elle ?

**E**n haut du perron, la porte s'ouvrit ; une naine vêtue de rouge, avec un chignon, sortit de la bâtisse de l'ogre. **M**ains dans le dos, elle se dandinait sur

place, l'air mauvais. **E**lle était connue de la population du quartier car c'était la sœur de l'ogre. **N**aine et revêche, elle lui tenait lieu de servante puisqu'il ne pouvait embaucher personne sans avoir envie de le manger.

– **T**u as proposé une énigme à mon frère ? couina-t-elle.

**I**nstallée le dos à la porte, elle gardait ses mains

derrière elle. Le garçon enregistra la peur du jardin tout autour de lui.

— **A**ttention, attention, attention, répétaient les fleurs en s'agitant comme un champ de blé secoué par le vent.

— **L**es définitions, mon frère en raffole, continua la naine, mais il raffole aussi de chair fraîche ! **L**es ogres ne peuvent pas s'en passer. **A** ta place, je ferais demi-tour pendant qu'il en est encore temps !

— Salut ! répondit Fanfaron, et sans attendre il grimpa l'escalier de pierre pour la rejoindre sur le perron.

— Attention, attention ! répétaient les fleurs tourmentées.

La naine jura soudain, dépassa le visiteur et sauta au bas du perron. Une paire de cisailles armait ses petites mains. Elle se mit à trancher les fleurs à droite et à gauche en jetant des cris aigus. Rac-rac-rac ! **L**es fleurs décapitées tombaient dans l'allée.

— On verra qui de nous aura le dernier mot, sales bavardes ! glapissait la naine avec une furie meurtrière dans le regard.

Gesticulante, elle assassinait les plantes comme

s'il s'était agi de personnes ! Rac-rac-rac ! Elle finit pourtant par se lasser et revint au pied du perron, remonta les marches vers le visiteur. En tout, une trentaine de fleurs avaient été victimes de son accès de rage et jonchaient l'allée.

— Tout ça, c'est leur faute ! couina-t-elle encore.

Le garçon contemplait le massacre avec pitié. Une fleur avait dit qu'elles pouvaient l'aider car il aurait besoin d'elles. Il fallait ramasser ces fleurs !

— Permettez ? murmura le garçon.

Revenant sur ses pas, il dévala les marches du perron et regagna le jardin.

— Où allez-vous ? pestait la naine. Posez ces sales fleurs !

— Oh, non ! protesta le jeune homme en les récoltant une à une.

**S**ur le perron, la naine s'impatientait et tapait des pieds.

— **E**t voilà le travail! lança Fanfaron en brandissant son magnifique bouquet à bout de bras.

— **R**emuez-vous plutôt! grimaça la naine en colère. Dépêchez-vous si vous tenez tant que ça à rencontrer mon frère!

En trois sauts, Fanfaron la rattrapa sur le perron.

— Saletés de fleurs! grognait la naine avec une espèce de crachat de mépris et un haussement d'épaules.

**E**lle poussa la porte de bois noir. **N**otre Fanfaron était sur le seuil et, pour la première fois, il n'en menait pas large. **I**l frissonna même. **G**énéralement, il ne l'ignorait pas, ceux qui entraient là n'en ressortaient plus. **M**aintenant que l'heure était venue d'affronter l'ogre, il se demandait s'il était de taille et s'il n'avait pas présumé de ses forces.

— Eh bien, tu te décides? gouailla la naine. Suis-moi ou reste dehors!

Redoutable décision à prendre! Il suivit la naine dans la grande bâtisse. Elle était entrée dans le vestibule obscur où des ossements humains plantés dans les murs tenaient lieu de portemanteaux. Nue et désolée, une tête de mort pendait au plafond avec deux petites ampoules rouges allumées en guise d'éclairage dans les cavités orbitales.

Non sans peine, à cause de sa petite taille, la naine suspendit sa paire de cisailles à un humérus.

— Est-ce que tu veux suspendre ton blouson? fit-elle avec un ricanement narquois.

Puis, poussant une deuxième porte sans attendre la réponse, elle introduisit le visiteur dans une vaste salle haute de plafond et meublée à l'ancienne de vaisseliers chargés de plats d'argent, de cabinets d'ébène et d'ivoire porteurs de vases de collection, d'armoires et de coffres ouvragés, d'armures adossées aux murs comme des surveillants fantastiques. Les fenêtres étaient à vitraux, toutes d'un même côté. Autour de la salle, juste sous le plafond, des trophées de chasse étaient accrochés : hures de sangliers, massacres de cerfs, têtes d'ours. Inquiet à la

vue d'une table qui élevait son plateau à près de deux mètres au-dessus du sol dallé de marbre, le garçon se retourna. Son hôte devait être un personnage d'une taille peu commune. Autant le savoir afin d'éviter les surprises. Impressionné cependant, le visiteur ne masquait pas son trouble...

– Tu n'as qu'a attendre ici! lui ordonna la naine d'un air goguenard. Tu peux t'asseoir sur une chaise au lieu de rester planté comme un épouvantail à moineaux!

Ahuri, le garçon ne savait plus que penser: le siège le plus proche était à plus d'un mètre au-dessus du sol.

– Nigaud! ricana la naine méchamment. Tu commences peut-être à te demander combien mon frère mesure, il serait temps!

Au moins, il était fixé à présent. Une table pareille était celle d'un géant.

– Ma foi, plaisanta-t-il pour se donner du courage, je constate qu'il est plus grand que toi! Ou peut-être même que moi! N'est-il pas vrai?

Sans accorder un regard de plus au garçon, la naine se dirigea vers le fond de la salle à pas menus. Tracassé, bien qu'il s'efforçât de n'en rien laisser paraître, le garçon se hissa debout sur une chaise afin de dominer la table.

– Regardez-moi ça! fit-il avec un sifflement en la découvrant dressée pour souper et pour DEUX personnes.

Evident qu'il allait falloir jouer serré!

En bout de salle, la naine venait d'ouvrir une porte et la voix de l'ogre se fit entendre.

– Nom de diable! jurait le monstre furieux. Si ce morveux m'a fait marcher avec son énigme à

deux lettres, je lui fracasse le crâne! **O**u je lui arrache les membres un à un comme des ailes de mouche! **R**rrraaac!

**T**out éclat de voix cessa, la naine ayant refermé la porte derrière elle en sortant.

– **E**ssaie de nous venger, essaie de nous venger… murmura une voix.

Qui parlait? Un instant perplexe, le garçon regarda autour de lui avec appréhension. **I**l réalisa soudain que cette voix venait du bouquet de fleurs qu'il avait posé sur la table…

– **L**es fleurs! appela-t-il à voix basse. Ordonnez-moi que faire et j'obéirai!

Une fleur répondit en chuchotant de plus en plus faiblement comme si elle perdait ses forces d'avoir été coupée.

– Venge-nous, venge-nous! Recueille notre jus dans un verre et donne-le à boire à l'ogre! Il ne faut pas perdre une seconde! Trouve le verre de l'ogre et mêle notre jus à son vin!

Sur la table, il y avait deux verres où l'on avait déjà versé un peu de vin, dont un gros orné d'un blason doré. A deux mains, le garçon se mit à pétrir les queues des fleurs enchantées au-dessus.

– Pleurez, pleurez, mes sœurs, et nous serons vengées! chuchotaient les fleurs en perdant un jus ambré. Œil pour œil et dent pour dent!

Ruisselant, le jus se mêlait au vin dans le grand verre blasonné. Tout à coup, une porte grinça, un courant d'air froid balaya la pièce.

– Espèce de moucheron, à nous deux! cria la voix de l'ogre comme un roulement de tonnerre.

Notre Fanfaron suspendit son geste aussitôt et abandonna les fleurs. Orgueilleusement campé au bout de la salle, l'ogre, un géant de trois mètres de hauteur, chevelu, barbu, noir de poil, large autant qu'un piano, écartait ses bras gigantesques et découvrait des dents plus aiguës que celles d'un tigre royal. Tremblant malgré lui des cheveux aux ongles des pieds à sa vue, le jeune homme s'efforça de sourire néanmoins.

– Re-bonsoir, Monseigneur! dit-il en inclinant la tête avec déférence. Est-ce que vous avez trouvé la solution de la deuxième énigme?

– Fichtre non! s'exclama l'ogre en avançant, et ses pas pesants retentissaient dans la haute bâtisse comme des coups de timbale. Attrape-moi ces maudites fleurs, la Petite, ordonna-t-il encore, et flanque-les à la poubelle !

Nettoyant la table d'un mouvement d'avant-bras, il jeta le bouquet par terre et se laissa choir assis sur sa chaise. Formidable, il dominait le garçon pourtant debout, de presque un mètre. A quatre pattes sur le dallage de marbre, la Petite (la naine) ramassa les fleurs et les emporta.

— Révèle-moi la solution de l'énigme ! tonna l'ogre en frappant du poing sur la table.

— Oh, oui, avec plaisir, Monseigneur ! s'empressa d'accepter le jeune homme. Notez-la sur vos tablettes : c'est « hachis » !

— **N**oooooon ! rugit l'ogre en abattant une nouvelle fois son poing sur la table avant d'allonger le bras en direction de son visiteur pour le saisir au col.

— Attendez ! protesta Fanfaron en reculant d'un bond sur sa chaise, tandis que la naine revenait trotter comme une souris rouge jusque sous celle de son frère.

— « Viande hachée » en deux lettres, vociférait l'ogre, ça n'existe pas dans mon dictionnairrrrrre !

— Alors je

vous donne la solution, je vous la répète: c'est «hachis»!

— Impossible, «hachis» c'est six lettres! Tu te paies ma tête et c'est toi qui vas devenir du hachis!

— Je vais vous expliquer, Monseigneur! annonça le garçon.

Ayant trempé le bout de l'index dans le verre de vin devant lui, il écrivit sur la nappe ces deux lettres: «H, I». Monseigneur l'ogre était immobile et bouche bée, ses deux gros yeux ronds comme des balles de ping-pong.

— Alors, là! s'écria-t-il en explosant d'un rire formidable que la haute salle répercuta avec une série d'échos. Inimaginable, c'est inouï! Soyons bons amis: demande-moi ce que tu voudras, je te le donnerai!

«Va toujours, pensa Fanfaron, ça ne lui coûte rien de promettre puisqu'il peut reprendre à tout moment!»

— Un peu d'argent me serait bien utile vu que je vais me marier, dit-il toutefois pour ne pas alerter son adversaire.

— D'accord! aboya l'ogre. Eh, la Petite, apporte une mallette!

Fanfaron vit la naine gagner l'extrémité opposée de la salle, ouvrir une trappe dans le sol, descendre un escalier, remonter presque aussitôt munie d'une mallette de cuir qu'elle vint déposer au pied de la chaise de son frère. Le garçon la vit l'ouvrir pour en exhiber le contenu : des pièces d'or. Elle referma la mallette et la poussa du pied sous la chaise du jeune visiteur.

– Une bonne chose de faite, grogna l'ogre, et maintenant, soupons !

– Rudement bonne idée ! approuva le garçon. Si nous buvions un coup en attendant ?

– Cela me convient, moucheron ! s'écria l'ogre en soulevant son énorme verre. Oups ! fit-il après avoir bu un coup, en claquant la langue contre son palais. Maintenant, à table !

– Merci bien, Monseigneur, dit alors le jeune homme après avoir fait semblant de boire. Et si nous disputions une partie de mots croisés?

– Cela peut attendre, répliqua l'ogre en faisant palpiter ses narines et en reluquant son visiteur d'un drôle d'air pendant que la naine filait en direction de la cuisine.

– Eh bien, à votre santé, Monseigneur! s'écria Fanfaron en heurtant son verre contre celui de l'ogre.

Le monstre attrapa son verre blasonné et il but encore un long trait. Le garçon profita de l'avantage pour lancer une nouvelle énigme.

– Est-ce que vous savez ce que devient une mouette privée d'eau, en six lettres?

Sa sœur revenant de la cuisine, l'ogre avait plus envie de manger que de pratiquer les devinettes. Devant elle, bras tendus, elle poussait un chariot à roues où trônaient un pain, une bassine de soupe, mais pas de viande...

– Une mouette qui manque d'eau? fit l'ogre intéressé malgré lui. Je ne vois pas ce qu'elle peut devenir à part crever de soif! Attends voir un peu...

Retirant un gros calepin et un crayon de sa poche, il se mit à prendre des notes.

– Donc cette mouette manque d'eau, selon toi?

– Il est temps de souper! couina subitement la naine arrêtée au pied de la chaise de son frère.

– Ne me casse pas les pieds, je suis en train de penser! pesta l'ogre. Oublions la soupe et réfléchissons, de toute façon la «viande» n'est pas près de partir!

– Un peu de vin, Monseigneur? proposa le garçon, qui savait de quelle «viande» il parlait.

Il voyait la naine remporter la soupe et l'ogre suer à grosses gouttes en griffonnant sur son calepin. L'ogre abattit son poing sur la table.

– Parfaitement idiot! hurla-t-il. Elle crève, cette sale mouette, si elle n'a plus d'eau!

– Non! dit Fanfaron. Est-ce que vous donnez votre langue au chat, Monseigneur?

– Taratata! Raconte-moi plutôt ce qu'elle devient ou il va t'en cuire!

– A votre santé! dit le garçon en faisant semblant de toucher son verre.

– Ouais! fit l'ogre en buvant un coup bref. Ne détourne pas la conversation! La mouette crève, c'est clair, n'essaie pas de prétendre le contraire!

– Elle ne peut plus parler car elle devient muette, asséna le garçon. Si j'enlève l'O du mot MOUETTE, reste MUETTE!

En même temps, il s'était emparé du calepin et du crayon de l'ogre, avait écrit MOUETTE en lettres majuscules sur une feuille et barré le O. Notre ogre en resta stupéfait, bouche si grande ouverte qu'une poule aurait pu y nicher. Tout à coup, il frappa des deux poings sur la table, il venait de comprendre!

– Elle manque d'O! Naturellement!

D'un trait long, cette fois, il vida son verre de vin.

– Apporte-nous à boire, la Petite! commanda-t-il.

Il n'eut pas à attendre, la naine arrivait avec un tonnelet de vin sur son chariot.

— Tu es impayable, moucheron ! s'écria l'ogre en empoignant le tonnelet et en le défonçant d'un coup de coude. Pense à ce qui te ferait plaisir, je te l'offrirai !

Accepter quelque chose de l'ogre n'engageait à rien puisque l'ogre songeait à le manger. Ridicule cadeau, donc ! Le jeune homme s'apprêtait à hausser les épaules lorsqu'il vit le géant abaisser les paupières et passer une main sur son front en nage.

Est-ce qu'il avait envie de dormir ? Rarement Fanfaron avait eu à penser si vite dans sa vie. Une seconde perdue pouvait entraîner les pires conséquences. Nulle envie de finir entre les crocs de l'ogre, pourtant !

Et si c'étaient les fleurs qui endormaient le monstre ? N'avaient-elles pas juré de se venger ?

Alors il fallait encore plus de fleurs !

— Il y a bien une chose qui me ferait plaisir, dit alors le garçon, ce serait un bouquet de vos fleurs pour ma fiancée. Nous allons bientôt nous marier, ajouta-t-il en guise d'explication.

— Ecœurant! fit l'ogre, et il éructa un bon coup. Saletés de fleurs!

— Offrez-moi des fleurs pour ma fiancée, insista le garçon. Elle adore les fleurs…

Une seconde, la tête de l'ogre s'inclina, et ses yeux se fermèrent. Redressé en sursaut pour lutter contre le marchand de sable, il se passa la main sur le front.

— D-d'a-d'accord! bredouilla-t-il, la langue pâteuse. Eh, la Petite! appela-t-il.

La naine accourut à son appel, l'ogre avait les yeux mi-clos.

— On va cou-couper un bou-bouquet de fleurs, commença-t-il, pour le mou-moucheron… G-grouille-toi!

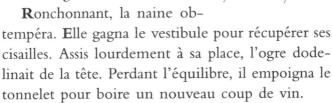

Ronchonnant, la naine obtempéra. Elle gagna le vestibule pour récupérer ses cisailles. Assis lourdement à sa place, l'ogre dodelinait de la tête. Perdant l'équilibre, il empoigna le tonnelet pour boire un nouveau coup de vin.

— Pe-pe-petite! appela-t-il.

— Attendez, je vais la chercher! offrit Fanfaron en sautant à terre.

— Re-reviens! appela l'ogre en se frottant les paupières.

— Un instant! répliqua le garçon en courant au vestibule.

Tout de suite, il vit la porte ouverte et repéra la naine occupée à trancher haineusement des fleurs dans le jardin. S'embusquant derrière le mur, il attendit son retour. Alors, avec un cri, il surgit devant elle comme un diable et lui arracha le bouquet des mains! Un solide coup de pied dans le ventre la rejeta en arrière comme un paquet de linge sale, l'envoya rouler au pied du perron.

— Va donc voir ailleurs si j'y suis! ricana le garçon.

Aussitôt, il referma la porte et tira le verrou de manière à demeurer seul en compagnie de l'ogre.

— Gagné!

En dix bonds, le garçon revint dans la vaste salle et cacha les fleurs derrière son dos.

— Est-ce que c'est toi, la Petite? demanda l'ogre en se frottant les yeux et en piquant du nez dans l'assiette.

Le garçon contourna la table jusqu'au tonnelet posé dessus et, profitant de la torpeur de l'ogre, il fourra toutes les fleurs dedans. La naine, remontée sur le perron, se mit à taper des deux poings sur la porte d'entrée. Elle couinait mais, d'ici, on n'entendait pas ce qu'elle disait.

— C-c'est q-quoi, ce ch-charivari? balbutia l'ogre en relevant la tête.

Il devenait urgent de détourner son esprit. Son visiteur s'y employa en lançant une nouvelle énigme.

— Attention: «oiseau» en dix lettres?

— Il, il, il y a b-beaucoup de z'oiseaux! grogna l'ogre qui s'efforçait d'ouvrir un œil, un coude sur la table et la tête pesante dans la main ouverte.

Les coups dans la porte continuaient mais l'ogre les avait oubliés. Les paupières lourdes, la tête écrasée dans la paume de la main, il tâchait de compter les lettres des mots sur les doigts de son autre main en parlant tout seul et il s'embrouillait.

– **A**utruche, non, ç-ça fait huit lettres… **I**bis, non, ç-ça n'en f-fait que q-quatre… **T**u as dit combien de lettres, déjà?

Le garçon, au lieu de répondre, fit une suggestion.

– Et si tu buvais un bon coup? Simplement histoire de t'éclaircir les idées?

– **F**ichtre oui! approuva l'ogre.

**L**e garçon le vit soulever le tonnelet des deux mains, boire goulûment.

– **E**pervier, non, ç-ça fait huit l-lettres encore… **U**rubu, ç-ça en fait cinq, donc pas assez… **R**ondelle-pardon, hirondelle, alors… **S**aucisson, non, c-c-c'est pas un zoiseau, c'est rondelle qui m'y fait penser, hi-hi-hi…

– Tu n'as pas envie de boire un coup? suggéra Fanfaron.

– Oh, si! approuva l'ogre. Un petit c-coup de bon v-vin ç-ça ne peut pas me faire de mal!

Tête ballante, il haletait, bégayait. En se penchant pour attraper le tonnelet, il faillit tomber.

– Soif! fit-il, et il porta le tonnelet à ses lèvres. Voilà! Oiseau en d-d-dix lettres? Un oiseau en d-dix l-l-lettres, ç-ça ne serait p-p-pas le rouge-gorge, par hasard?

L'ogre fit entendre un ronflement sonore et laissa choir le tonnelet de vin par terre.

– Alors, est-ce que c-c-c'est rouge-gorge? insista-t-il, et il ronfla derechef.

Il s'endormait, et laissa aller sa tête dans ses bras croisés sur la table.

– Et puis je m'en f-f-fous si c-c-ce n'est pas r-rouge-gorge! ronfla-t-il.

– Non, c'est «porte-plume», lui dit Fanfaron.

Terrassé par le jus soporifique et vengeur des fleurs, l'ogre dormait. Sa sœur avait beau tambouriner à la porte d'entrée, il n'entendait plus rien.

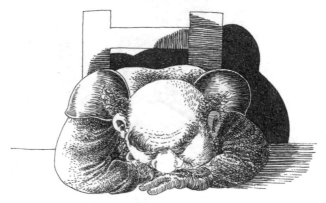

En quelques secondes, Fanfaron bondit à la fenêtre qui donnait sur la rue de Bretagne. Vite, il se jucha sur le chariot à roulettes de la naine pour atteindre la crémone car elle se trouvait trop haut pour lui. Elle tourna sans bruit, étant bien huilée. Notre héros repoussa les vantaux de la fenêtre et se hissa sur la tablette d'appui.

– Génial !

En guise de courroie, il avait passé la ceinture de son pantalon dans la poignée du chariot roulant, et l'avait refermée grâce à la boucle. Rapidement, il souleva le chariot jusqu'à lui et le fit basculer de l'autre côté de la fenêtre, les roues sur le trottoir. Enfin, il revint auprès de l'ogre, grimpa debout sur la table devant lui pour relever la tête du géant en lui tirant les cheveux.

— Nous allons prendre l'air, lui dit-il, ça vous fera du bien, Monseigneur !

— L-l-l'air ? balbutia l'ogre sans comprendre.

Et il ricana dans son sommeil.

— S'il vous plaît, Monseigneur, dit alors le garçon en lui pinçant les oreilles. Essayez d'ouvrir les yeux et de vous lever afin de respirer à la fenêtre…

Comme l'ogre persistait à dormir, il lui souleva les paupières par les cils.

— Oui… oui…, balbutia l'ogre.

Un instant déséquilibré par Fanfaron, il descendit de sa chaise. Tout en lui parlant, le garçon le guida vers la fenêtre ouverte.

– Adossez-vous-y! lui recommandait-il. N'hésitez pas à vous asseoir sur l'appui… Très bien, comme ça!

**F**anfaron poussa le géant en arrière par la fenêtre. **A**vec un grognement aviné, l'ogre bascula de l'autre côté, s'écroula vautré dans le chariot stationné dessous. **N**aturellement, il s'y étala et soupira d'aise…

**F**anfaron ne perdit pas de temps. **A**ttrapant les cordelettes des rideaux, il tira dessus de toutes ses forces et les arracha. **R**apidement, il escalada la fenêtre à son tour et sauta dans la rue.

– **O**n y va! s'écria-t-il pour se donner du cœur à l'ouvrage.

**N**otre ogre dormait dans le chariot, souriait dans

son sommeil et découvrait ses dents redoutables, balbutiait en rêvant sans doute à de plantureux repas saignants.

— Cause toujours! lança Fanfaron en le ligotant sur le chariot avec les cordelettes à rideaux.

— Oups! éructa l'ogre pour tout commentaire.

Mal éclairée par les réverbères jaunes, la rue de Bretagne était déserte, et une mince brume y flottait comme un voile de soie sale au ras du goudron. Poussant le chariot, le jeune homme se mit en marche. Rien ne bougeait alentour, pas de lumières aux fenêtres, même pas un chat sur le chemin du garçon. Il cherchait pourtant quelque chose avec empressement et jeta soudain un petit cri joyeux.

— Très bien!

Qu'avait-il repéré ? **U**n gros camion, moteur au ralenti, s'apprêtait à partir loin, très loin puisqu'il était immatriculé de l'autre côté des frontières. En fait, le chauffeur venait de s'installer au volant ! Le garçon attacha le chariot au pare-chocs arrière du lourd véhicule, et broum-broum ! Le moteur gronda, le camion démarra, emportant le chariot et son passager qui ne s'était rendu compte de rien et continuait de ronfler.

– En route, mauvaise troupe ! s'écria Fanfaron en faisant semblant d'ôter un chapeau imaginaire. Salut, Monseigneur, et qu'on ne te revoie plus !

**P**romptement, il revint au château de l'ogre par la fenêtre.

**O**n n'entendait presque plus la naine, sans doute s'était-elle lassée de s'égosiller et de battre la porte d'entrée à coups de poing.

– **U**n instant, j'arrive ! lui cria Fanfaron, histoire de la faire patienter.

**V**ite, il saisit au passage une chemise de l'ogre au portemanteau du vestibule et s'approcha de la porte.

– **A**ttendez, j'arrive ! cria-t-il encore.

**I**l ouvrit, s'écarta pour laisser la naine furieuse entrer en tornade.

– Excusez-moi, dit-il, la porte s'était refermée toute seule !

– Non ! hurla la naine en s'engouffrant dans le vestibule. Tu mens, je ne te crois pas !

La Petite n'eut pas le temps d'en dire davantage parce que Fanfaron lui jeta la chemise de l'ogre à la tête. Aussitôt, il l'enveloppa dans l'ample vêtement jusqu'à la taille et noua les deux manches l'une à

l'autre autour du paquet. Impossible pour elle de se libérer ! Dans ce sac improvisé, la naine se débattait à l'étroit, s'égosillait, mais ses appels étaient étouffés par l'épaisseur des chiffons qui l'emmaillotaient. Elle pestait tandis que le jeune homme la soulevait…

– Rrrrr ! râlait-elle. Lâche-moi, bandit, je vais tout raconter à mon frère !

– Eh bien, ne te gêne pas ! répliqua Fanfaron en jetant la naine au fond d'un placard dont il referma la porte. Use tes cordes vocales autant qu'il te plaira!

Refermant la porte d'entrée pour demeurer seul chez l'ogre, Fanfaron revint dans la vaste salle aux armures. Joyeusement, il souleva la trappe, descen-

dit à la cave par un escalier de bois et poussa un sifflement de surprise et d'admiration. Un tas de pièces d'or et d'argent, de bijoux rares et de pierres précieuses s'y trouvait, avec des lingots d'or et des œuvres d'art.

– Somptueux! s'exclama le garçon.

Sans s'attarder, il remonta le petit escalier de bois, traversa la salle dallée de marbre et revint se camper devant le placard où était enfermée la naine.

– Ouvre-moi, chenapan! criait-elle.

– Petite, m'entends-tu? demanda Fanfaron.

– Ouvre-moi, bandit, que je parle à mon frère!

– Râle autant que tu veux, ton frère est parti pour toujours!

– Il…

Fanfaron lui coupa la parole.

– Il ne reviendra jamais.

– Quoi?!

– Un camion l'emporte actuellement au diable vauvert. Et moi, je te laisse le choix: ou bien tu me vends le château et je te garde à mon service, ou bien tu refuses de me le vendre et je me débarrasse de toi comme je me suis débarrassé de l'ogre!

– Espèce de voyou!

– Ne te fatigue pas, je te laisse dix secondes de réflexion! Décide-toi!

– Où trouveras-tu l'argent pour acheter le château!

– Ridicule question, la Petite! Ma fortune est faite de ce que j'ai déniché dans la cave! Il y a largement de quoi payer ce château, et bien d'autres encore!

– Tu n'as pas le droit, l'argent appartient à mon frère!

Le garçon se mit à compter à voix haute, un… deux… trois… tandis que la naine indignée criait dans le placard.

– Ouvre-moi, voleur! Gredin! Rends-moi notre argent!

Effrayée pourtant, elle entendait le garçon compter tranquillement de l'autre côté de la porte: sept… huit… neuf… dix!

Il ouvrit la porte subitement et souleva la naine emmitouflée dans la chemise de l'ogre.

— Lâche-moi, brigand! Non!

— Est-ce que tu acceptes mon offre? demanda le jeune homme à la naine.

— Sors d'ici, voleur! répliqua la Petite.

Elle battait des pieds dans le vide, la tête en bas, pendant qu'il l'emportait sur son dos comme un sac de pommes vers la cave.

— Non! protestait-elle, mais elle changea de ton tout à coup. Tu as gagné, j'accepte!

Il la déposa par terre sur ses pieds menus.

— Te tairas-tu si je te rends ta liberté? vérifia-t-il. Me feras-tu confiance désormais?

Elle grommela que oui.

— Mon intention n'est pas de te faire du mal, dit-il en dénouant les manches de la chemise.

Evidemment, la naine n'était pas contente mais, comme les horreurs commises par son frère lui valaient toutes sortes de remarques désobligeantes dans le quartier lorsqu'elle faisait les commissions, elle ne regrettait son départ qu'à moitié.

— Prête-moi les clés du château, exigea encore le garçon.

Après une brève hésitation, elle les lui confia.

— Si nous devons vivre ensemble ici et devenir bons amis, dit alors Fanfaron, j'ai encore une chose à demander. Que je ne te voie plus jamais massacrer les fleurs du jardin!

Un moment, la naine grimaça, poings serrés, puis elle abaissa les yeux en signe de soumission. Elle détestait les plantes.

Le jeune homme quitta le château. En traversant le jardin, il caressait les fleurs graciles qui se penchaient vers lui pour lui murmurer des remerciements. Galbées, multicolores, elles étaient de toutes espèces, et le garçon se promit de tâcher de connaître quels pouvoirs secrets elles détenaient.

A grandes enjambées dans la rue, il prit le chemin de la maison du maire et ne fut pas long à escalader le balcon de la jeune fille qu'il avait déjà rencontrée. Restait à se faire ouvrir la fenêtre. Comme la lumière était éteinte dans la chambre, Fanfaron gratta au carreau.

— Ouvrez, chuchota-t-il, c'est moi... N'ayez crainte...

S'éveillant au bruit, la jeune fille identifia le visiteur. Elle ouvrit la porte-fenêtre en silence.

— Dirai-je bonsoir ou bonjour, «Lâche-moi-les-baskets»? fit le jeune homme en désignant le coin de ciel clair où le soleil n'allait pas tarder à se lever.

— Etes-vous allé chez l'ogre? chuchota la jeune fille avec effroi.

— Bien sûr! Au fait: voulez-vous m'épouser? Répondez? Répondez-moi oui!

— Alors oui, dit-elle simplement.

Souriant, il se laissa glisser à terre le long de la glycine et rentra chez l'ogre faire un brin de toilette. Se vêtir de neuf de la tête aux pieds dans les magasins ne lui coûta rien, il paya avec l'argent de l'ogre. A neuf heures sonnantes, il se présenta à la mairie.

– Informez Monsieur le Maire de mon retour! lança-t-il tout de go à l'huissier.

– Très certainement, Monsieur, murmura l'huissier. Dites-moi d'abord qui je dois annoncer…

– Eh bien, Fanfaron! répondit le jeune homme. Le « Fanfaron » qui réclame la main de « Lâche-moi-les-baskets »!

– Un instant, fit attendre l'huissier, car je ne suis pas sûr que Monsieur le Maire veuille bien vous recevoir et…

– Il me recevra! assura le garçon.

Plusieurs employés s'étaient approchés et se

demandaient s'il ne fallait pas flanquer ce fou dehors.

— Otez-vous de mon chemin! ordonna le garçon.

Une telle assurance, venant d'un garçon vêtu des meilleurs vêtements de la ville, tint la petite troupe en respect. Rasant les murs, l'huissier trottina comme un rat chercher le maire. Tout de suite, ce dernier arriva.

— Oui, c'est bien lui! fit-il d'un air goguenard à la vue du garçon. Un peu mieux vêtu qu'hier soir, mais c'est lui!

— Je viens recevoir ma récompense, annonça Fanfaron, car j'ai chassé l'ogre de la ville.

— Oh! fit le maire avec surprise, et les employés sursautèrent.

— Une promesse est une promesse, dit le garçon. Rappelez-vous que vous avez promis de me donner la main de votre fille. **S**'il vous plaît, maintenant, allez la chercher.

— Mais…, fit le maire avec embarras.

Agitant la main, il préféra congédier les employés afin de parler à son interlocuteur sans témoins. Le maire l'entraîna à l'écart, lui toucha l'épaule et baissa la voix :

— Il y a loin de la coupe aux lèvres, dit-il. Ne nous hâtons pas. **F**aisons d'abord en sorte de véri-

fier que vous ne mentez pas, et je vous verserai la prime si c'est vrai.

— **A**lors là, je m'en moque ! dit le garçon. **N**e me faites pas perdre mon temps avec votre prime ! **F**ranchement, je me contenterais de votre fille !

— **A**h ! mais c'est une autre affaire, mon bonhomme ! éclata le maire. **R**oule ça dans ta poche avec ton mouchoir par-dessus !

— **O**ubliez-vous donc votre promesse de…?

— **N**ous conviendrons qu'elle était faite sous le coup de l'émotion, parce que j'avais un peu trop bu… Il n'est pas question que ma fille épouse autre chose qu'un fils de ministre ou un député…

Le garçon se taisait. **R**eprenant la parole, le maire parut se raviser et il fit une offre.

— **E**coutez : venez donc fêter votre victoire ce soir à la mairie, vous ferez la connaissance de ma fille.

**V**rai ou faux ? **I**l devait avoir une idée derrière la tête car il se frottait les mains avec satisfaction. **N**éanmoins, le jeune homme dissimula qu'il connaissait déjà la fille du maire, et fit même semblant d'accepter l'invitation.

— **T**opez là !

**A**lors il rentra chez lui. **L**e maire voulut immédiatement envoyer des employés vérifier le départ de l'ogre, mais ils refusèrent. **A**ucune envie d'aller chez ce monstre : tout le monde savait ce qu'il advenait de ses infortunés visiteurs !

— Mais puisque je vous affirme qu'il est parti! raisonnait le maire.

— A quoi bon nous demander d'aller vérifier dans ce cas-là? ripostaient les autres, et le maire restait bec dans l'eau.

Il eut beau menacer, rien n'y fit: personne ne voulait approcher la bâtisse maudite et le maire était furibond. Ravalant pourtant sa colère, il demanda conseil à l'huissier.

— Il suffit de téléphoner, conseilla l'huissier. Et si l'ogre est là, il vous répondra.

— **M**erveilleuse idée! approuva le maire.

**A**ussitôt, il composa le numéro de l'ogre, en reluquant l'huissier d'un air jaloux parce qu'il pensait que son subordonné devenait trop intelligent, donc dangereux. **I**l y eut quelques secondes d'attente. **S**oudain, une voix répondit dans le récepteur téléphonique, ce n'était pas celle de l'ogre, et le maire hésita. Il bredouilla dans le combiné.

— Le-le-l'ogre ? **N**e suis-je pas chez l'ogre ? Est-ce que je pourrais lui parler s'il vous plaît ?

— Tout à l'heure, répondit la voix, je vous ai déclaré que je l'avais chassé de la ville.

— Ah…, fit le maire… Il n'est donc plus là pour de bon ?

— Tout à l'heure, ré-péta la voix à l'autre bout du fil, je vous ai expliqué que j'avais ache-té son château et que j'allais bientôt épouser votre fille…

— **P**a-pa-parce que vous habitez chez l'ogre ?

— **L**e château m'appartient, je l'ai racheté à sa sœur.

— **U**ne minute ! dit le maire qui se ressaisissait. **S**'il vous plaît, appelez la Petite, je veux lui parler…

— Qu'est-ce que vous voulez? demanda une nouvelle voix dans le téléphone.

Une nouvelle voix désagréable, nasillarde, que le maire connaissait!

— Etes-vous bien la Petite? dit-il avec embarras en écartant un peu le combiné de son oreille.

— Salut! répliqua la naine avec aigreur.

— Tout va bien chez vous? s'enquit le maire. Il paraît que monsieur votre frère a déménagé?

— Oui!

— Ne reviendra-t-il pas un de ces jours, heu, demanda le maire, ou est-il parti définitivement?

— Définitivement, asséna la naine, il n'a aucun sens de l'orientation.

En somme, le garçon ne s'était pas vanté! Maugréant, soucieux, le maire raccrocha le combiné. Allait-il être obligé de donner sa fille unique à un va-nu-pieds! Rien à faire!

Il appela une secrétaire dans son grand bureau, l'accueillit avec une politesse à laquelle elle n'était pas habituée.

— Asseyez-vous, ma chère demoiselle, dit-il, est-ce que vous êtes mariée?

Grave question. Elle ne l'était pas, le maire se frotta les mains.

— **N**ous allons, dit-il, jouer une petite comédie ce soir, si vous y consentez. **O**béissez-moi, je vous récompenserai.

— **U**ne comédie? s'étonna la secrétaire troublée.

— **V**ous jouerez le rôle de ma fille, et moi, je serai votre papa. **E**t je vous présenterai à un beau jeune homme…

**L**a secrétaire ouvrait de grands yeux mais, alléchée par la promesse de récompense, elle accepta la proposition. **L**e jeune homme arriva à six heures pour la réception à la mairie. **E**lle était aussi magnifique que celle de la veille et des domestiques circulaient avec des plateaux chargés de gâteaux et de coupes de champagne parmi une foule d'invités.

Fanfaron se fit annoncer, une fleur bizarre à la boutonnière. Ravi, le maire se porta au-devant de lui.

– Il est là, notre héros, applaudissez-le, mes amis!

Puis il commença un discours.

– O, mes chers concitoyens et concitoyennes!
Nous n'arrivions pas à débarrasser la ville du
monstre sanguinaire qui dévorait nos frères! Nous
autres, je veux dire mon équipe et moi-même votre
maire, faisions tout pourtant pour y parvenir! Est-
ce que je n'avais pas personnellement promis une
belle prime?

Royal, il pérorait, pérorait, la
coupe de champagne à la main.

– Il y eut ensuite la venue de ce
jeune homme à qui je n'hésitai pas
à confier cette mission car j'avais en
lui la plus grande confiance!

Eh bien, chers concitoyens et concitoyennes, j'ai tenu ma promesse! Désormais, il n'y a plus d'ogre! Unissez-vous autour de votre maire qui a su trouver la personne capable de vous débarrasser du monstre! Mes amis, je vous demande de voter pour moi aux prochaines élections!

Applaudissements nourris, chacun complimentait le maire. Il vint serrer la main du jeune homme et lui dit à voix basse:

— Remise de la prime plus tard! Et vous verrez comme je sais tenir mes promesses! En attendant, buvez donc un coup de champagne!

— Certes, répondit le garçon, mais où est «Lâche-moi-les-baskets»?

— Oh, elle ne tardera pas! le rassura le maire en lui offrant une coupe.

Et, en même temps, il appelait une demoiselle que le jeune homme ne connaissait pas. Une

seconde, il lui dit deux mots à l'oreille, effleura son bras, caressa sa joue, et la présenta au garçon d'un air enjôleur.

— **R**ayonnante enfant, ma fille, voici le garçon qui a vaincu l'ogre !

— **E**nchantée, dit la secrétaire.

Le garçon cherchait autour de lui la vraie fille du maire. Elle n'était pas arrivée. **G**oguenard, le maire poussa la demoiselle vers son invité :

— **A**musez-vous, mes enfants, dit-il, je vous laisse faire connaissance.

**R**iant, il s'enfonça parmi les invités, en levant sa coupe à la ronde. **C**'était franchement une canaille. **O**n lui serrait la main, on choquait sa coupe pour célébrer sa prochaine victoire aux élections.

— **N**'avez-vous pas eu peur ? demanda aimablement la jeune secrétaire au garçon. Lorsque vous avez rencontré cet ogre affreux ?

Un moment, Fanfaron demeura sans voix. Il réalisait qu'on était en train de le berner. **S**ans se soucier de la fausse fille du maire, il planta là la compagnie et se réfugia à l'écart.

— **E**h bien, tu l'auras voulu, brigand ! murmurat-il une fois seul dans les toilettes. **R**ira bien qui rira le dernier !

**V**ite, il ôta la fleur de sa boutonnière.

— **I**l faut me pardonner, lui dit-il, mais j'ai besoin de toi...

– **Tu** feras ce que tu dois faire, chuchota la fleur en guise de réponse.

Le jeune homme en pressa la queue au-dessus de sa coupe : un liquide léger tomba dans le champagne.

– Excuse-moi, petite fleur, dit encore Fanfaron en la replaçant à sa boutonnière et en revenant dans la grande salle des cérémonies.

– **Je** vous remercie, Monsieur le Maire, s'écria-t-il soudain en s'avançant vers lui et en parlant d'une voix si forte que tout le monde se retourna.

**U**n profond silence s'établit. **S**ans hésiter, le jeune homme reprit la parole.

– De tout cœur, je vous remercie, vous et votre charmante fille, pour votre chaleureux accueil, pour tout ce que vous faites pour moi. Une fois pour toutes, vos administrés sauront ce qu'ils doivent penser de votre générosité !

– N'est-ce pas ? fit le maire flatté.

– Et voilà pourquoi, poursuivit Fanfaron en levant sa coupe, je vous prie, Monsieur le Maire, afin de sceller notre amitié, de vider cette coupe de champagne !

– Faisons donc ! approuva le maire joyeusement.

Les gens applaudissaient discrètement. En deux gorgées, le maire vida la coupe. Un frisson le secoua tout à coup. Raidi comme un automate, il écarquilla les yeux, étendit les bras en croix et lâcha la coupe, qui se brisa sur le parquet ciré. D'une voix de stentor, il se mit à crier.

– Ecoutez, mes amis ! Voilà la vérité vraie ! Ecoutez-moi tous !

Revenant de partout, la foule s'attroupa autour

de son maire. Il ne semblait pas la voir et parlait très fort avec des mouvements mécaniques.

– Tout ce que je vous ai dit était faux! Ecoutez-moi bien! Regardez ce jeune homme courageux! En l'envoyant chez l'ogre hier soir, j'espérais qu'il se ferait bouffer! Sans l'aide de personne pourtant, il est venu à bout du monstre!

Un long murmure parcourut l'assistance: tout le monde dévisageait le maire avec stupéfaction. Le

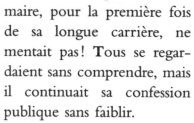

maire, pour la première fois de sa longue carrière, ne mentait pas! Tous se regardaient sans comprendre, mais il continuait sa confession publique sans faiblir.

– A ce brave garçon, j'avais promis la main de ma fille, mais je lui ai présenté une secrétaire à la place! Tout ça parce que je réserve ma fille pour quelqu'un plus riche et plus influent!

– Oh! s'écria la foule indignée.

– Non seulement, reprit le maire, je ne lui aurais pas donné ma fille, mais je ne lui aurais pas vraiment remis la prime!

– Honteux, c'est une honte! s'écria la foule scandalisée. Un maire pareil, c'est une calamité pour la ville!

– Attendez! s'exclama le maire par-dessus les cris

de protestation. La prime, je l'aurais empochée! Et la seule chose qui comptait pour moi, c'était les prochaines élections!

— **M**isérable sagouin! vociféra la foule en colère.

— **E**n vérité, poursuivit le maire avec des gestes de machine, je me fichais que l'ogre dévore les habitants de la ville du moment qu'il laissait assez d'électeurs pour m'élire! **N**on mais!

**T**out le monde criait, brandissait le poing en direction du menteur, qui se jucha soudain sur une chaise pour crier plus fort que les autres.

— **E**coutez-moi donc, bande de ploucs!

**U**n instant, la foule insultée hésita. **R**aide comme un robot, le maire étendit un bras en avant.

— **N**ous marierons ma fille et ce jeune homme la semaine prochaine!

— **O**h, oh, oh…, murmura la foule à moitié apaisée par ce revirement.

— Une fête splendide aura lieu ici même, annonça le maire. Si ma fille est là, qu'elle s'approche, ma « vraie » fille…

La foule s'écarta, la jeune fille venait d'arriver. Aussitôt qu'il l'aperçut, Fanfaron la rejoignit et lui

prit la main. Il n'en fallait pas d'avantage pour plaire à l'assistance, et les applaudissements crépitèrent. Sur sa chaise, le maire pérorait de plus belle.

— Sans me vanter, ce sera le plus beau mariage du pays ! Evidemment, ajouta-t-il, il y aura le feu d'artifice, les défilés costumés, les musiques, le bal et tout le tralala ! Réjouissez-vous, mes amis !

— Oui, oui, oui ! s'enthousiasma la foule.

— Nous ferons couler le champagne à flots, poursuivit le maire, et tous ceux qui voteront pour moi seront de la fête !

Sur cette nouvelle promesse, il y eut un tonnerre

d'applaudissements et de cris joyeux, tandis qu'on aidait le maire à descendre de son perchoir.

Le garçon entraîna le jeune fille hors de la salle. Elle courait pour échapper à ceux qui la complimentaient.

— Hourra, hourra! beuglait la salle. Et vive la mariée!

Rose d'émotion, elle se tourna vers Fanfaron. On acclamait le maire à présent derrière eux, la foule est versatile.

— Sortons! dit le garçon dégoûté.

— Expliquez-moi, dit la jeune fille, comment vous avez décidé mon père à accepter ce mariage?

— Par enchantement, répondit le jeune homme en désignant la fleur qu'il portait à sa boutonnière.

— Où avez-vous trouvé cette fleur? Une fleur si belle, je n'en ai jamais vu nulle part!

— Son pouvoir est immense. Elle oblige les menteurs à proclamer la vérité. Regardez comme elle est étrange, et sentez son parfum unique…

La jeune fille se pencha en avant pour le respirer.

– Au fond du jardin de l'ogre, expliqua le garçon, poussent toutes sortes de fleurs extraordinaires dont je ne connais pas encore les pouvoirs. Beaucoup de fleurs de toutes les couleurs !

En haut, dans la salle des cérémonies, la foule applaudissait maintenant un nouveau discours du

maire. Le fourbe avait retourné la situation à son avantage. Les électeurs ne demandaient que ça, au fond ils n'avaient pas envie de changer de maire.

– Est-ce qu'il y a d'autres fleurs de vérité comme celle-ci dans le jardin de l'ogre ? s'enquit la jeune fille.

– S'il y en a ! s'exclama le garçon.

– **A**lors, nous les fournirons aux menteurs et aux trompeurs de la terre entière! s'écria la jeune fille avec ardeur.

**L**e garçon approuva tendrement. **U**n doux sentiment les unissait à présent, et nous les laisserons tranquilles vu qu'ils ont à se dire bien des choses.

**T**out ça ne nous regarde pas.

## DRÔLE D'HISTOIRE?

Jetez un coup d'œil à la première lettre de chaque phrase.

Examinez le début :

«Comme les élections approchaient, le maire était soucieux.

En effet, il avait promis de débarrasser la ville de l'ogre, sans aucun succès.

Tous ses efforts s'étaient avérés inutiles.

**A**lors le maire était mécontent.

**I**l n'y avait rien à faire, l'ogre était toujours là, rue de Bretagne.

**T**ranquillement, il continuait de croquer des enfants, bien que ses préférences allassent aux employés du gaz, de l'eau ou de l'électricité, etc. »

Les premières lettres sont:

C **E T A I T**: C'était...

Toute l'histoire est comme ça!

Si vous mettez bout à bout les 794 premières lettres des 794 phrases qui la composent, vous obtenez un texte acrostiche. (*Pour aider le lecteur à identifier les mots, les caractères typographiques des majuscules sont en gras, un mot sur deux.*)

Ce texte, le voici:

C'ÉTAIT LA FÊTE À LA MAIRIE. RÉJOUI, LE MAIRE PROMIT LA MAIN DE SA FILLE À QUI DÉBARRASSE-RAIT LA VILLE DE L'OGRE. UN JEUNE HOMME RELEVA LE DÉFI. EN VOILÀ UN FANFARON!

LE GARÇON PASSA VOIR LA FILLE ET LUI ANNONÇA LEUR MARIAGE! OUSTE, PRESSONS!

GAILLARDEMENT, IL ALLA SALUER L'OGRE ET LUI PROPOSER DES ÉNIGMES. RIEN NE PLAISAIT TANT AU MONSTRE. EN SORTE QU'IL OUVRIT SA PORTE !

NOTRE FANFARON N'AVAIT JAMAIS VU DE FLEURS COMME CELLES DU JARDIN OÙ IL PÉNÉTRA. ON LES ENTENDAIT PARLER. UNE NAINE, SŒUR DE L'OGRE, APPARUT. SAUVAGE, ELLE CISAILLAIT LES FLEURS. TOUTES VOULAIENT SE VENGER. EN LES ÉCOUTANT, FANFARON COMPRIT QU'ELLES POUVAIENT L'AIDER. LEUR JUS SOPORIFIQUE ENDORMIT L'OGRE. IL NE SENTIT MÊME PAS QUE LE GARÇON SE DÉBARRASSAIT DE LUI POUR TOUJOURS. MALIN FANFARON !

IL REVINT À LA MAIRIE MAIS IL N'ÉTAIT PLUS QUESTION DE MARIAGE ! NOUVELLE FRIPONNERIE DU MAIRE ! ECŒURÉ, LE GARÇON LUI SERVIT LE JUS D'UNE FLEUR DE VÉRITÉ. RÉSULTAT ? ON HUA LE MENTEUR !

NOUS LAISSERONS LE HÉROS ÉPOUSER LA BELLE. SALUT !

Et si le jeu n'était pas fini ?

Regardez les premières lettres des phrases de ce résumé :

« C'était la fête à la mairie.

Réjoui, le maire promit la main de sa fille à qui débarrasserait la ville de l'ogre.

Un jeune homme releva le défi.

En voilà un fanfaron !

Le garçon passa voir la fille et lui annonça leur mariage !

etc. »

Voyez encore les premières lettres :

C R U E L : cruel...

Tout le résumé est-il comme cela ?

Eh bien, oui ! Si vous mettez bout à bout les 25 premières lettres des 25 phrases qui le composent, vous obtiendrez une phrase acrostiche, que voici :

CRUEL **OGRE,** NOUS **T'**ELIMINERONS !

Et si le jeu n'était pas encore terminé ? Comme les poupées gigognes, vous savez, qui sont l'une dans l'autre ?

Essayons !

Prenons les premières lettres de chaque mot de notre phrase :

Cruel Ogre, Nous T'Eliminerons !

Ne composent-elles pas un mot ?
C O N T E : conte !

Ainsi, en utilisant toujours les premières lettres, nous avons bâti un acrostiche d'acrostiche d'acrostiche !

Maintenant, qu'est-ce qu'un acrostiche ?

Ce jeu concerne généralement la poésie. La lecture verticale des premières lettres donne le mot du thème, ou le nom de l'auteur, ou celui de destinataire. Voici un exemple en vers, et en forme de devinette. De quel animal s'agit-il?

**P**etit insecte nuisible,
**U**n peu plus gros qu'un microbe,
**C**aché dans la garde-robe,
**E**t que chacun prend pour cible!
La **puce**, évidemment! *(Lisez son nom verticalement.)*

La lecture verticale du mot acrostiche peut aussi se faire sur les dernières lettres des vers. Autre devinette:

Quand on en a, on en a beaucou**p**!
Tous piquent mieux que le torer**o**
Qui banderille le noir taurea**u**!
Leurs victimes: enfant, femme, épou**x**!
Les **poux**! *(Lisez verticalement.)*

L'acrostiche peut encore concerner les syllabes ou les mots plutôt que les lettres. Voici l'acrostiche de syllabes :

HIP-hip hourrah ! Sonne, trompette !
POtiron flottant, il barbote,
POpulaire et rond dans la flotte !
TAM-tam, salue sa galipette !
*Solution :* HIP-PO-PO-TAM (Hippopotame, évidement.)

Et voici l'acrostiche de mots :

LES beaux jours sont comptés, l'hiver est à
[nos portes.

OISEAUX, vous qui fuyez, quels autres paysages
S'EN vont vous accueillir, vous que les feuilles
[mortes
VONT pleurer en tombant comme larmes
[sauvages?
Solution : **LES OISEAUX S'EN VONT**.

Laissons l'acrostiche poétique.

L'acrostiche de prose s'appuie sur les phrases. Nous l'avons montré dans notre conte, en utilisant les lettres initiales. Dans cet autre exemple, une insulte a été dissimulée. Cherchez-la !

**T**u vas bien, cher ami ? **A** la maison, nous avons des tas de problèmes. **R**oger s'est fait voler son téléphone mobile. **T**u n'imagines pas le drame ! **Il** pleurniche du matin au soir. **G**énial ! **N**ous, ça nous amuse, vu qu'il nous cassait les oreilles à longueur de journée quand il s'en servait. **O**n est bien tranquilles à présent, mais on ne le lui dit pas. **L**es frères et sœurs te saluent. **E**mbrasse ta copine de ma part.

Solution :
**TARTIGNOLE**

Le même exercice peut être mené avec les syllabes. Dans l'exemple suivant, elles se trouvent en tête des phrases :

LA mère appela sa fille, le petit chaperon rouge.

— PEUX-tu porter ces galettes et ce pot de beurre à ta mère-grand qui est malade ?

TIrant des bordées pour cueillir des fleurs à droite et à gauche, la fillette se mit en route.

— TE voilà, mignonne ? lui dit un gros loup en surgissant de derrière un buisson. GAgeons que j'arrive chez ta mère-grand avant toi !

MIne de rien, il choisit le chemin le plus court et arriva en dix bonds. NE le reconnaissant pas, la mère-grand lui ouvrit sa porte. FUneste erreur, le loup croqua la vieille dame et se mit au lit à sa place !

CROquera-t-il maintenant la fillette ?

QU'Était-elle devenue ?

PARtie tranquillement, elle cueillait des fleurs, mais elle arriva enfin. UN instant surprise par la voix qui lui répondit, elle entra dans la maisonnette. VIte, le loup lui suggéra de se mettre au lit avec lui. L'IMbécile gamine obéit, s'étonnant pourtant de voir comment sa grand-mère était faite.

CARrément, elle lui fit des remarques à propos de son nez, de ses yeux. NIaise enfant !

— VOs dents sont très longues ! lui dit-elle encore.

REgrettable erreur, il ne fallait pas en parler !

Solution :

LA PE TI TE GA MI NE FUT CRO QUÉE PAR UN VI LAIN CAR NI VO RE.

Et si nous usions de syllabes terminales ?

La cigale affamée alla visiter la fourmi en grand trala**la**. Chez elle, il faisait chaud comme dans un **four**.

— Pourriez-vous, demanda la cigale, me donner de quoi me nourrir, chère a**mie** ?

— Pas question, répliqua l'autre, les paresseux, je les **hais** !

Du coup, la cigale **s'tut** ! Tant **pis** ! La fourmi lui ferma la porte au nez avec un grand rire cafar**deux**.

Solution :
**La four mi est stu pi de.**

Et que diriez-vous de l'acrostiche de syllabes à la fois en tête et en queue des phrases ? Demandons de l'aide à La Fontaine !

**Le** corbeau avait un fromage qui cou**lait**. **Cor**-rompu, Renard arriva, l'air su**cré**.

– **Beau** sire, dit-il, vous avez un plumage de sa-**tin** ! **Est**-ce que vous chantez aussi de plaisantes chan**sons** ? **Un** voisin me l'a assuré, d'ailleurs on parle de vous par**tout** !

**Bo**niment, mais bon**jour** ! **Cré**dule et naïf, le corbeau chante et fait la **roue** ! **Tin**tin, maintenant pour le fromage, Renard avec s'en est al**lé** !

Solutions :
– au début des phrases : **le cor beau est un beau cré tin**.
– en fin des phrases : **les cré tins sont tou jours rou lés** !

À propos, voulez-vous l'acrostiche de lettres en prenant appui sur TOUS les mots d'une phrase ? Voyez ce que qu'on pourrait dire des fables de **Jean de la Fontaine** :

**J**ouant **é**videmment **a**vec **n**os **d**éboires **e**xemplaires, **l**es **a**nimaux **f**ous **o**bservent **n**os **t**ravers **a**vec **i**ronie, **n**os **e**xcès.

Un autre acrostiche est très excitant. Il s'agit d'écrire en mobilisant les lettres de l'alphabet dans l'ordre, à raison bien sûr toujours d'une par phrase :

**A**lors qu'il prenait le thé, monsieur Martin reçut le plafond de son salon sur la tête. **B**on, se dit-il, c'est sérieux. **C**'est encore un coup du voisin du dessus.

**D**ans le but de se renseigner, il grimpe à l'étage. **É**nervé, il frappe à la porte, toc toc toc.

— **F**ichez le camp ! réplique le voisin. **G**are à vous si vous insistez !

— **H**onte à vous ! proteste monsieur Martin. **I**l faut être un fameux coquin pour oser parler sur ce ton à un homme dont on a démoli le plafond! **J**e voudrais bien savoir comment vous avez procédé!

— **L**aisse tomber! ricane l'autre à travers la porte.

— **M**onsieur, dit alors dignement monsieur Martin, vous me rendrez raison de ces impolitesses au tribunal!

— **N**e comptez pas sur moi! ricane l'autre.

— **O**uvrez!

— **P**as question!

**Q**ue feriez-vous à la place de monsieur Martin? **R**âlant, il descendit voir le gardien de l'immeuble à la loge.

— **S**avez-vous ce qui se passe? s'écria-t-il. **T**out simplement, le plafond du salon me tombe sur la tête! **U**n plafond en béton, vous imaginez?

— **V**ous savez, dit le gardien alors, moi ça ne m'étonne pas. **W**illiam a offert à Xavier, le fils de votre voisin du dessus, un éléphanteau pour Noël. **X**avier l'aura bien nourri, la bête peut peser deux tonnes à présent!

— **Y** en a marre! grogna monsieur Martin dépité. **Z**ut et zut!

Solution:
Les phrases commencent par **A B C D**, etc., (*manque le k*).

On aurait pu faire apparaître les lettres (dans l'ordre) en fin de phrases :

Monsieur Durand s'est acheté du Coca-Cola. Il se l'était fait prescrire par un toubib. Il paraît que c'est moins mauvais que le tabac. En tout cas, c'est plein de bulles, et monsieur Durand de s'en servir un verre à ras bord. Il boit, ça pique la langue. Il avait soif. C'est meilleur qu'un grog ! Monsieur Durand se laisse tomber dans son fauteuil avec des paresses de poussah. Il digère et rote comme un roi. Il souffle comme un yack. Il a le ventre rond comme un bol. Le Coca lui fait plus d'effet que le rhum. Les bulles continuent d'éclater dans son abdomen. Pif, paf, elles pètent crescendo ! Cette fois c'en est trop. Monsieur Durand coquerique comme un coq ! Il a mal au cœur. Il attrape la bouteille et boit un deuxième verre en serrant les dents. Le Coca, puisqu'il ferme la bouche, lui coule sur le jabot. Aïe, voilà qu'il attaque le tissu ! Monsieur Durand pousse des cris si perçants qu'on doit les entendre à

Kie**v** ! Peut-être même à Glasgo**w** ! Il enfle soudain car les bulles lui arrondissent maintenant le
thora**x** ! Il s'envole, vas-**y** ! Tout ça parce que dans
le Coca-Cola il y a du ga**z** !

Toutes les lettres y sont, sauf le j. Désolé, pas de
mots terminés par j.

Mais que diriez-vous de construire simultané-
ment deux acrostiches de lettres, l'un au début des
phrases de **a** à **z**, l'autre à la fin de **z** à **a** ?

**A**lors qu'il allait se coucher, le petit Poucet se
gratta le ne**z**.
— **B**izarre, se dit-il, je me demande si mes parents
ont bien reçu l'argent que leur doit le ro**y**.
**C**arrément, il se glissa dans leur chambre, c'était
un garçon curieu**x**.
— **D**emain, disait justement le père, il faudra nous
débarrasser des enfants dans la forêt car nous n'avons
plus un so**u**.
**E**videmment, Poucet courut ramasser dehors des
petits cailloux blancs plein ses poches, et tout le
monde connaît le résulta**t**. **F**orce est de constater
que, cette fois, il sauva la vie de ses six frère**s**.
**G**aiement, les parents firent fête aux enfants mais
ils manquaient toujours de monnaie et durent se
résoudre une fois encore à les égare**r**. **H**élas, cette
fois, Poucet n'avait que des miettes de pain qu'une

poule faisane dévora ainsi que son co**q**. **I**mpossible de se repérer, la nuit tombée constituant en outre un gros handica**p**.

– **J**e vois la lumière d'une maisonnette, dit alors le petit Poucet, nous allons nous y rendre illic**o**.

**L**a maison était celle d'un ogre, un sacré fripo**n** !

– **M**es pauvres enfants, dit l'ogresse aux sept frères, couchez-vous bien vite car mon mari est un drôle de quida**m** !

**N**os héros se couchèrent à l'étage, mais l'ogre arriva en tapant des pieds sur le so**l**.

– **O**h ! s'exclama-t-il, ça sent la chair fraîche ic**i** !

**P**endant qu'il parlait, Poucet avait échangé les bonnets de ses frères contre les couronnes des

sept filles de l'ogre et c'était un fameux ga**g** ! **Q**uand l'ogre toucha les têtes, dans l'obscurité, il prit ses chères filles pour les sept garçons et, armé de son grand couteau, il trancha dans le vi**f**!

**R**apidement, il alla se coucher tandis que les garçons prenaient le larg**e**.

**S**avez-vous la suite, il chaussa ses bottes de sept lieues et courut après les garçons de bâbord à tribord et de tribord à bâbor**d**! **T**rès fatigué, il fut obligé de se reposer, et Poucet lui vola ses bottes aussi se**c**.

**V**ite, le garçon rentra chez lui avec ses frères, il devint le courrier du roy et vécut comme un naba**b**. **Y** a-t-il histoire plus morale à raconter aux petits, et cæter**a**?

Quelques lettres manquent (**k**, **u**, **w**, **x**, **z** au début; **w**, **v**, **k**, **j**, **h** à la fin.)

Il existe encore une forme d'acrostiche, qui se sert des chiffres (en jouant ou pas sur les mots). Voyez, à propos d'Ulysse :

C'était un Grec très mal **1**.

Il eut des ennemis mais il triompha **2** (d'eux)

Grâce au cheval de **3** (Troie).

Contre eux il se mit en **4**.

Avec son épée en **5** (zinc),

Il les tranchait comme des sau**6**.

La ruse était sa re**7**.

Il faisait semblant de prendre la f**8**

Et les envoyait se faire cuire un **9**.

Tant pis pour eux, de profun**10** !

Mais le plus souvent, il faut l'avouer, l'acrostiche recèle un gros mot.

Méfiez-vous des lettres que vous recevez. Pensez à lire verticalement ! voyez cette lettre d'un employé à son ancien patron :

« *Monsieur le Directeur de l'usine.*

*En ce premier jour de ma retraite, je pense beaucoup à vous.*

*Recevez mes remerciements sincères pour ces merveilleux moments passés dans l'usine.*

*Depuis quarante ans que je m'échine chez vous, jamais je n'avais eu le bonheur de vous dire le plaisir que j'y prenais tous les jours.*

*Eh bien, cette fois, c'est chose faite, recevez, Monsieur le Directeur, mes salutations enthousiastes.* »

Compris? Pas compris?

**R**elisez donc ces vers, vous trouverez, railleur,
**I**nscrit tout au début, le nom du rimailleur.
**V**ous pouvez rester là à bayer aux corneilles,
**A** vous gratter le nez, à curer vos oreilles,
**I**l est temps que l'auteur (car ce monsieur travaille)
**S**igne là son méfait, vous embrasse et s'en aille !

Également du même auteur à *l'école des loisirs*

Collection MOUCHE

*La Mère Podcha*
*Mouche et la Mère Podcha*
*Mouche et la sorcière*
*Mouche et la vieille aux cheveux rouges*
*Petit Grounch à l'école*
*Petit Grounch et ses amis*

Collection MÉDIUM

*Les enquêtes de Glockenspiel*
*Moteur! Dernières nouvelles du cinéma*
*Lumières noires*

J
F
RIV
Fr